温故知新の家族学

長寿の母を看取るまで

大和田道雄

風媒社

温故知新の家族学

―長寿の母を看取るまで―

目次

温故知新の家族学

高齢者の一人暮らし

大正九年生まれの母は、もうすぐ九七歳になる。父が亡くなってから十七年になるのだが、今まで旭川市で一人暮らしを続けている。自宅は父との想い出の場所なのだろう。母が老人ホームや介護施設ではなく、自宅にこだわるのは父が定年を迎えてから初めて建てたマイホームで、父と母との暮らしが濃縮されているからだ。

最近は、足腰も弱くなり、物忘れも激しくなってきた。それだけではない。暑さ寒さの感覚が麻痺してきているのだ。寒くもない朝に暖房を入れ、日中の厳しい暑さに窓を閉め切って冷房も使わないこともある。

熱中症　母にとっては他人ごと
暑さを感じぬ　悲しき定め

近所に住む妹は、そんな母の身体を気遣って朝から温度管理に通っているようだ。最近は北海道でも暑さが厳しくなってきているのだが、冷房には無頓着である。

これは、これまで生きてきた経験法則によるものであるのだが、母は朝起きると無意識で暖房のスイッチを入れてしまうのだ。

そんな母でも、夜になると玄関に鍵をかけ、夕食は宅配されてくる食事を一人で食べている。買い物や朝食の準備は妹が協力しているようであるが、昼食は自分で用意する。

それでも姉妹は、毎日のように母のもとに通っているのだ。そんな献身的な姉妹の援助があってこそ一人暮らしを可能にしているのだ。

近所に住む姉（右）と妹（中央）は、父が他界してからも17年以上毎日母の介護を続けている。

それだけではない。毎週三回の往診をしてくれる医師と看護師、週二回のデイケアによる介護、週一回のヘルパー、さらに何よりも近所の協力が得られているからだ。

団塊の世代が高齢化を迎えているが、核家族化した時代では高齢者と一緒に住む機会も少なくなった。しかし、いずれは団塊の世代の子供たちや孫もその時はやって来る。そのことに気付いてはいないのだ。

高齢化社会は、誰しもが逃れられない現実であり、対岸の火事ではないのである。これからは、温故知新の精神で古くて新しい家族関係を構築することが必要なのである。

高齢化社会の現実

現在、戦後日本の経済発展を支えてきた団塊の世代が高齢化を迎えている。国民の総人口に対する高齢者（六五歳以上）の割合は約二七パーセントに達し、女性だけに限ると三〇パーセントを上回る。平成元年が十五パーセント前後であったことを考えると、約二倍である。

内閣府の統計白書でも示されているように、六五歳以上の一人暮らしの高齢者は、二〇一五年現在で六〇〇万人に上り、一〇年後の二〇二五年には七〇〇万人に達すると推計されている（内閣府「高齢者社会白書」）。

高齢化　早く死ぬことを意図とする
内閣府からの　統計白書

その結果、孤独死の件数も増加傾向にあり、東京都区内だけでも年間二八〇〇件を上回っている。特に都市部で孤独死が多いのは、近所付き合いが衰退してきているからであろう。

孤独死も　対岸の火事でない我が命
早く逝くのも　己のためか

したがって、国民総人口の約四分の一以上が高齢者となった現在の社会態勢では、厳しさを増してきているといわざるを得ない。
少子化を迎え、世論は団塊の世代が戦後の日本経済を牽引してきたにもかかわらず、「廃棄物」か「世捨て人」のように扱われているのが現状だ。

高齢化　社会の塵と罵られ
戦後の復興　成し遂げたのは誰

団塊の世代には腹立たしく思えるのだが、現実には邪魔者扱いされている。姉と妹も団塊の世代である。すでに自分たちが介護される番なのだ。しかし、必ずしも未来は明るくない。それでも、育ててくれた親への感謝を忘れずに老老介護を続けているのである。

現に、九十六歳で一人暮らしをしている母の介護は、古希を迎えた姉妹によるものである。姉妹の毎日の介護は、現実離れしているほどのことであるのだ。

わたし自身は、特発性間質性肺炎を患ってから、定期的に病院で検診を受けている。病院には必ず妻が同行してくれるのだが、それが十二年も続いているのだ。待ち時間は一時間以上が当たり前で、二時間以上のこともある。病院の待合室は当然のように高齢者が多い。

古希を過ぎ、既に喜寿から米寿に近い高齢者が診察にやって来る。年老いた奥さんが車椅子のご主人を押してくるのは普通だが（逆の場合もある）、車椅子の奥さんが車椅子を押しているのだ。

これには本当に驚いた、と言うよりはショックだった。物凄い時代になったのだ。昔は、還暦を過ぎたお爺さんが船を漕いだことが童謡に歌われている。

診察には数時間待たされることも多く、高齢者には負担である。その点、母は自宅で診察が受けられるのである。母が生きられるのは、このような介護環境が整っているからである。また、姉妹のみならず近所の母を取り巻く温かい協力もある。

家族への思いやりが失われつつある今日、もう一度、家族への感謝や近所付き合いの大切さを思い出して欲しいものである。

団塊の世代

団塊の世代は、戦後の貧しい時代を生きてきた。それに耐えてきたからこそ、ゆとりある生活を送ることができるはずだった。しかし、老後破産も対岸の火事ではなくなった。

気が付けば　定年退職世捨て人
無駄な長生き　せずにと思う

年金は減らされ、ボーナスも出ない。退職金も残されたローンの返済や自宅の改装・塗装で残りわずかとなった。これまで、爪に火を灯すように貯めてきた老後の貯金も風前の灯である。

さらに、新築時に買った電化製品や家具、水周りの修理費などに費やされ、生活費を切り詰めての生活を余儀なくされている。

国民健康保険料に加え、毎年の固定資産税や介護保険料もボディブローのように効いてくる。消費税という名のもとに物価は二倍近くになってきた。国民は国や一部の大手財閥企業の犠牲を強いられているのが現状だ。

自分も含め、姉妹は団塊の世代である。育ってきた環境は必ずしも恵まれてはいなかった。当時は学業が優秀であっても高校に進学させてもらえない同級生が半数以上もいた。

わたしは、高校に進学させてもらっただけでも親に感謝したものである。経済的事情で進学できなかった同級生は、貧しい農家の家庭や母子家庭がほとんどだった。

団塊の世代は早くから家を出て働いた。中学生になると奉公に出されて通学していた友もいる。兄妹が多く、口減らしでもあったのだ。

当時は中学を卒業すると「金の卵」ともてはやされ、集団就職列車で多くの仲間が上京した。いや、上京させられたのだ。井沢八郎の「ああ上野駅」が流行ったのは、その時代を象徴する歌詞だったからである。

しかし、東京オリンピックが終わり、景気が下向いてくると「金のゆで卵」と比喩されるようになった。それでも弟や妹のために、わずかなお金を貯めて仕送りをしていたのである。

団塊の　世代を生きた誇りなく
三途の川を　いかに渡らん

団塊の世代はそんな時代を乗り越えてきたのだが、

「子供たちには自分の時代のような辛い思いはさせたくない」との思いから、必死になって働いて育てた結果、子供たちは過保護に感謝することもなく、当たり前のように進学する。しかし、大学での四年間の学費は退職金に相当する。入学費用や授業料、および自宅からの通学であればまだ良いのだが、下宿であればその二倍の費用が掛かるのだ。しかし、子供達はそれがいかに恵まれているかを理解しない。ようやく嫁に出した娘は、簡単に離婚して子連れで戻ってくる。年金生活をあてにして居座るのだ。働く気はない。子を持つ親としての自覚が無いのである。

幼児抱き　煙草をふかす母親の
子供に生まれし　悲しきさだめ

幼き我が子の健康も考えない母親がいるのが現状だ。

その息子も派遣会社を辞めて年金暮らしの家庭で遊んでいる。これは、団塊の世代にとって予想外の事態なのだ。最近、親が亡くなったにもかかわらず、申告せずに年金を受け取り続ける事件も起きている。

これは、一九九九年の労働者派遣法の改正で正社員の割合が極端に減少し、家族が安定した収入が得られなくなってきているからだ。

経済的に独立できない子供たちを抱え、老後破産に追い込まれている団塊の世代も少なくない。病気を患い、診療費や入院費は退職当時には考えてもいなかった予算出費だからだ。

親はいつまでも子供の面倒をみてくれると思っているようである。それだけではない。子供たちは親の財産の奪い合いで、兄妹が疎遠になるという。豊かな生活には、貧しかった頃の優しさはない。

また、財産を分配しても親の世話になると押し付け合いである。なんと悲しく情けないことか。自分の稼ぎだけが頼りだった時代には考えられないことである。

団塊の　貧しき時代を生きてきた
自信と誇りが　失せたいま

これは、まさに豊かさの「負」の遺産である。子どもの誰か一人が必死になって親を介護し、看取っても財産分与となると兄妹は平等である。現在の法律では、高齢者を介護してきた者への考慮がなされているとは思えない。

団塊の世代は、貧しいながらも育ててくれた親に感謝して必死に恩返しをしているのだが、自分達の番になると、子供達に期待すること自体、間違っていると思わざるを得ないのが現状である。

最近、北海道に帰省するたびに感じることがある。かつて、団塊の世代が子供たちを育てるために耕した畑や田が放置されている。廃屋も多い。核家族化が進行し、農家を継ぐ若者がいないのである。

必死になって高校や大学に進学させたとしても、故郷に戻って来る若者は数少ない。残された団塊の世代は、長男夫婦が親を看取ってきたのだが、息子にはその自覚がない。

かつて、我が家も六人家族だった。わずかな食事を分け与えられていた時代には考えられないことである。団塊の世代は、自分はさておいても両親や子供のために必死に尽くし続けているのである。

戦後の食糧難の時代を生きてきた団塊の世代だからこそ、親のありがたみを知り、厳しい生活の中でも介護が続けられるのかも知れない。

第三の人生

人生は三つの段階に区分されている。最初の段階は、生まれ育ってから経済的に独立するまでである。「始めよければ終わりよし」という諺があるように、育った環境は人生を左右するほど重要である。

親の愛情を受けないで育った子供に親を想う心は育たない。母親に抱きしめられて育てられた子供は、心と身体の温かさを本能的に吸収して我が子にも分け与えるのである。幼児虐待はその「負」の遺産でもあるのだ。

しかし、第二の人生はそれに左右されることなく、自力で働き結婚をして子育てをしなければならない。しかし、人生では一番充実した時なのだ。

ようやく子供が自立する頃には定年退職となり、第三の人生を迎えることになる。

定年を　迎えて不要のネクタイに
我が身重ねて　侘しさ募る

第三の人生といえば、自分は父に対して本当に申し訳ないことをした。父の家の先祖は、藩の財政危機から北海道に渡った伊達家の渡り藩士である。

父は見識が豊かではあったが、侍の血筋か、多くを語らない頑固な人だった。

子供の頃、父の実家に遊びに行った際、物置の隅には古びた鎧兜《よろいかぶと》が置かれていたのには驚いた。

刀は開拓に使用したようで、錆びて刃も欠けていた。士族の魂なのか、父は高校時代に剣道部のキャプテンとして活躍していたようだ。鉄棒では、大車輪をするほどの運動神経の持ち主だったという。

それにもかかわらず、父が定年間近の頃、自動車の免許を取りたいと相談してきたのだが、事故でも起こしたらとの懸念から反対した。わたしはまだ大学院在学中だったからだ。

退職後は、母と伊達の実家への帰省や旅行などをしたかったに違いない。在職中は経済的に免許を取れないでいたのである。免許を取得していれば、父の定年が五十五歳であることを考えると、二十年以上も母と旅行ができたのだ。

定年退職後に再就職ができなかったのは、公共交通機関が整備されていない田舎では、車での通勤が不可欠だったからのようである。まさに、わたしは父の第三の人生を奪ってしまったのである。これは、今でも後悔している。

わたしが還暦を過ぎた頃、故郷で開催された中学校のクラス会に出席したことがある。何故か、クラス単位ではない数人が集まっていることに違和感を覚えた。

それは、普通高校に進学し、大学を出た同級生の集まりだった。彼らは、地元の学芸大学（現在の教育大学）を出て校長にまで上り詰めたことを顕示しているようだった。近づき難い雰囲気で、高校に行けなかった同級生と一線を画しているのである。

わたしは工業高校で進学校ではなかったため、高校への進学や大学へは行かなかった別の集団にいたのだが、和気あいあいで話も弾んだ。

客観的にみても、第三の人生が過去の栄光（？）にすがっているよりも、目標を持って前を向いているほうが輝いているように思えた。

当時、わたしはまだ現役の教育者を育てる教育大学の教授であったのだが、定年を迎えた校長よりも農家を継いだ友との会話が楽しかった。

若き日の　想い出集う同窓会
古希を過ぎても　変わらぬ心

最近のスポーツ選手は学歴もあって、引退後に大学院に進学して健康科学の博士号を取得し、新しい人生に立ち向かっているアスリートも多い。

わたしは、工業高校の機械科を卒業し、最初に赴任したのは普通高校に併設されている工業科の実習助手であった。

若き日の想い出多い当麻中学校。現在は校舎も建て替えられた。同学年は７クラスあって、350人近くいた。

そのときに知り合った高校の事務職員は、その後、東京に出て新聞配達をしながら大学に進学し、さらに大学院を出て高校教師となって北海道に戻ったのである。最終的には高校の校長にまで上り詰めた。

それだけではない。現役時代から第三の人生を見据え、定年退職後に札幌に居を移して再度大学に入学し、税理士の資格を取得したのである。

彼が事務所を開いていることを知り、帰省の際に立ち寄ったのだが、相変わらず前向きな生き方を貫いていた。

北海道の士別高校で助手をしていた頃、上級事務職員だった小川良之氏（左が自分）。その後、高等学校の校長に上り詰めたが、定年後に税理士の資格を取り、札幌の高級住宅地で税理士事務所を経営している。

以前、文部科学省の派遣で国際免許の申請に出かけたのだが、初老の男性に話しかけられたことがある。この春まで我が国を代表する地元の自動車メーカーに勤めていたという。

男性は、在職中のほとんどがアメリカ勤務で、自宅に戻ることができたのは定年を迎えてからだという。彼は、日本で家族と暮らせる第三の人生を楽しみにしていたようだ。

これまで、必死になって家族を養うためにアメリカで頑張ってきたのであろう。しかし、日本に戻ってからの家族の対応は厳しく、

「自宅には自分の居場所がない」

そう嘆いていた。家族は、父親の不在とひき

かえに生活が成り立っていたことを改めて認識すべきである。彼は家族に温かく迎え入れてほしかったのであろう。

定年を　迎えし居場所のないわが身
三度の食事も　二度に控える

目に涙して話す顔には、家族に対する不信感と後悔とが滲み出ていた。

「家族とはそんなものだったのか」

これから、アメリカで独り暮らすという。

そういえば、最近、近所の公園やスーパーマーケットの休憩所には、高齢者がいつまでも座っていることが多い。

休憩所の座席の前のテーブルには、「公共の場所であり、長時間のご使用はおやめください」と書かれている。また、図書館にも行き場を失った初老の男性を数多く見かけることがある。

最近は、「帰宅恐怖症」という以前では考えられない症状が定年退職者に蔓延しているらしい。これが、第二の人生を終えた団塊世代の末路なのだろうか?

一日一分の親孝行

朝の七時半、愛知県から北海道で一人暮らしの母への電話。定年を迎え、これが自分の与えられた仕事なのだ。

「ルルル、ルルル、ルルル」

三回目のコールが鳴っても電話に出ない。不吉な予感が心を過《よぎ》る。四回、五回目には冷や汗が出てくる。心の動揺は隠せない。

妻に母が電話に出ないことを告げる。五分後に再度電話。やっぱり出ない。そのことを妻に告げると

「トイレでも行っているのでは」

そっけない返事。

「自分の親じゃないからそんな気楽に言えるのだ」

「薄情者が！」

もし何かあれば北海道に行く航空チケットを手配しなければならない。今からでは格安チケットは無理だ。長男の嫁としての立場を理解しない嫁は来なくていい。一人で行こう。

なんて思っていると、

「もう一度電話したら？」

妻からの言葉。

「もし出なかったら旅の支度だぞ」

そう言い放って電話。

「ルルル、ルルル、出ない！」

手のひらが冷や汗で濡れてくる。

「はい、もしもし」

突然の母の声、トイレだったと言う。安堵して声も出ない。

「良かった！」

と伝えると、

「何が？」

「母さんが電話に出ないから」

「大丈夫。元気だよ」

「今日はデイケアの日だから早めに準備してね」

そう言って電話を切る。

妻が、

「私の言った通りでしょ」

自慢げに笑う。

「他人のことだと思って！」

腹は立つものの、何故か嬉しくなって、

「今日もいい天気だな」

なんて言ってしまう。そんな毎日が数年続いているのだ。

毎朝の　母への電話出てくれと
手に汗握る　受話器を持つ手

高齢の母は北海道、自分は愛知県で暮らしているために介護に参加はできない。しかし、近くに住む姉と妹は毎日のように母のもとに通っている。

父が亡くなってから十七年、いや、父が亡くなる前から続いていた。しかも毎日だ。それに比べれば、自分の毎朝の電話など知れたことである。

わたしが毎朝の電話をするようになったのは、以前、母が寝坊をしてカーテンを開けなかった朝、近所から妹に電話があった。

「朝になっても起きてこないようだ」

妹が駆けつけると、近所の数人が玄関先に立っていて、心配そうに窓のカーテンの隙間から覗いていたようである。鍵を開け、中に入ると母はまだ寝ていたようで、妹は、

「すみません、すみません」

謝ってその場は収まったという。

自分の家の朝ごはんの支度をしている妹にとって、

「毎朝、母を起こしに行くのは無理！」

とのことで、わたしが頼まれたのである。

愛知県から北海道への電話代は携帯電話だからで、定額料金を支払えば話したい放題である。便利な時代になったのだ。

昔なら、毎日の電話代を年金で支払うのも難しかった。それでも母は、そのことが理解できず、すぐに電話を切ってしまう。だから、一日わずか一分の親孝行なのだ。

姉妹は虹の架け橋

姉と妹は、母が暮らす旭川に住んでいる。旭川は、アメダスの観測網が整備される前までは、日本一寒い町だった。かつて氷点下四十一度にまで冷え込んだことがある。

姉は実家から車で十五分、妹は実家から五分の距離に住んでいる。したがって、妹は歩いてでも実家に行くことができるのだ。大雪の時には歩いてでも毎日介護にやって来る。しかし、冬になると大変だ。大雪の日、除雪車は大通りの除雪はするが、路地にまで手が回らない。積雪がない季節には二車線だった道路も路肩に積もった雪のために一車線になり、片側交互通行と同じになることもある。無積雪地帯では考えられないほど、雪道の走行は危険なのだ。

そんな日は、車でしか来ることができない姉は、妹に電話連絡をして休むこともある。義兄弟は、そんな毎日に嫌味ひとつ言わず、むしろ後押ししてくれているようだ。もし、逆の立場であれば、妻を快く親の介護に行かせられるかどうかははなはだ自信が持てない。

姉と妹が介護に来る時間は決まって午後三時だ。二人が単独で隔日であれば負担は半分で済むのだが、必ず二人揃ってやって来る。その理由は、二人の会話に母を参加させるためらしい。

九十歳を過ぎたあたりから、母は口数が少なくなった。会話についていけないのか、話題に興味がないのかは定かでないが、姉妹は認知症を心配しているのである。

確かに、自分が帰省した夜、前もって帰ることを母に電話したのだが、既に寝てしまっていて家に入れなかったことがある。わたしは実家の鍵を持たされていないため、近くに住む妹に開けてもらったのだ。

母は、昔の話は覚えているのだが、今起こったこと、話したことはすぐに忘れてしまうようだ。妹は、そんな母のために翌朝の食事の準備と薬を用意する。それでも薬の飲み忘れは日常茶飯事だ。

上川盆地の底部に位置する旭川市は、冬季の朝には周囲からの冷気が収束し、過去最低気温を記録したこともある。

最近は、母の洗濯物を洗って乾かし、いつでも着替えられるようにと準備する。これまで、夕食のおかずは姉妹が交代で用意して届けていたが、数年前からは宅配サービスを利用するようになった。これは、母が食事の準備での事故を心配したからである。

母は今でも配達された弁当の容器、使用した食器や箸をきれいに洗い、翌日の配達に向けて準備することができる。寝たきりの老人ではない。今でも身の回りのことはある程度できるのだ。

しかし、姉と妹は午後五時の時報が鳴ると、二人揃って数分違わず自宅に戻っていく。これは父が生きているときからである。自分の家庭での夕食準備のためだ。それを数十年も続けているのである。したがって、今では母の介護が毎日の生活に組み入れられているようである。まさに、姉妹は梅雨の晴れ間の虹の架け橋のような役目を果たしているのである。

高齢の　母の介護の古希姉妹
母亡き後は　高齢者

義兄弟の支援

姉妹も、義兄弟の支援あればこそできる介護である。姉妹は決して若くはない。今ではいずれも古希を過ぎた高齢である。それでも娘として母の介護を続けているのだが、それは義兄弟も同じである。

高齢の　親の介護を支援する
その源は何　義兄弟

しかも、現在でも現役である。義兄は木材会社の会長であるが、忙しい素振りも見せず、帰省するたびに顔を出してくれる。活動的な姉とは対照的な性格で、真面目な仕事一筋である。

以前、旭川に程近い士別に住む下の妹の家を訪問した帰り道、義兄が姉に運転を任せたことがある。真っ暗な農道で、姉がノロノロ運転するのに対し、前を走るわたしがもっと速く走るよう求めたのだが、義兄は、

「それでいい。上手だ」

そう言って姉を励ましているのを聞いた妻が、

「優しい。あなたとは大違いだ」

自分でも、義兄の姉に対する優しい言葉に感心したのを覚えている。姉は幸せだとつくづく感じさせられた。

帰省の際、北海道の増毛まで義兄と姉はドライブに誘ってくれた。海鮮大盛りラーメンを食べたのだが、容器はすり鉢である。義兄の優しさに姉は幸せである。

普通、会社の会長といえば地位も名誉もあり、命令を下す立場の人間であるが、そんな驕った人ではない。

わたしは愛知県に赴任したての頃、自動車を運転中に人身事故を起こしたことがある。人身事故は、交通、刑事、民事の裁判が科せられていて、自分に過失がなくても裁かれる。

車同士であれば過失相殺も適用されるのだが、相手が人であれば信号を無視して交差点に入ってきても交差点安全進行義務違反となり、民事裁判では賠償請求されるのである。そんな時にも義兄は賠償金を援助してくれた。

愛知県は、全国一の死亡事故多発県であり、数十年間にわたってその地位が揺らぐことはない。交通事情や車の保有台数といった問題ではない。交通マナーが悪いのだ。また、それが当り前のように思っている県民意識が恐ろしい。

義兄の息子の社長は性格が繊細である。母からは孫にあたるのだが、一人暮らしの母を心配してくれている。工学系の大学を出ているだけあって、母にテレビやビデオデッキ（当時）の設置や操作を教えてくれた。

また、今は亡き母の兄妹や祖父母の家族写真をスキャナーで取り込み、引き伸ばして居間に貼り、勇気付けてくれているのだ。姉のみならず、家族全員で母の介護に協力してくれているのである。

これは、妹の娘もそうだ。わたしの姪にあたるのだが、近所ということもあり、小さい頃から母の傍で育ち、今でも毎日のように母の様子を見に来てくれている。

父親も生前は一番かわいい孫だったようで、一緒に住んでいるかのように可愛がっていた。その姪の父親である義弟もガラス販売会社の会長である。わたしとは同じ歳であるが、昔からスポーツマンで、高校時代には野球部に所属していた。

数年前、母校が甲子園に出場して初戦を勝ち抜いたときは、お祝いを込めて電話したのだが、嬉しさのあまり泣いていた。現在はゴルフに励んでいる。

ゴルフのことはよくわからないが、かなりの腕前のようでシングル・プレーヤーだという。ゴルフを営業活動にも役立てているようだ。最近になって、わたしの息子も仕事上ゴルフが必須となり、帰省した折には義弟に教えを受けている。

結婚当時から、義弟は休日になると妹と一緒に両親をドライブに誘ってくれた。本来であれば長男の自分の役割である。

義弟は、そんな自分に代わって親孝行をしてくれたのである。父親は、そんな義弟をあてにして信頼をよせていた。義弟が胃潰瘍で緊急搬送されたとき、父は心配して眠れなかったようだった。

したがって、義理の兄弟は二人ともまだ現役であり、いわゆる姉妹は会長夫人でもあるのだ。それにくらべ自分は大学を定年退職し、名誉教授とは名ばかりの年金暮らしである。妻の職業は主婦であるが、自分は無職だ。

義弟は運転免許を持たない両親を毎週のようにドライブに誘ってくれた。会社の経営者であるが、ゴルフはかなりの腕前で、営業活動にも役立てている。

定年で　白いワイシャツ要らぬ歳
ボロなジャージで　過ごす毎日

定年後の暮らしに満足している人はあまり多くないように思えるが、まさに自分もその一人である。これは、在職中に考えておかなければならなかったことである。義弟は、それを知って会社を興したのであろう。

遠くの親戚より近くの他人

わずかな年金を工面して、毎月のように実家に帰る努力をしている。妻は黙ってお土産を買って持たせてくれる。また、年に数回は義兄弟に感謝の意を込めて足助《あすけ》の名酒を送ってくれているようだ。

これは、夫婦で帰省すると二倍の旅費が必要だからで、妻は介護に行きたくても経済的な理由で断念せざるを得ないのである。

したがって、一人での帰省は、自分なりに姉たちの母の介護を手伝っているつもりだが、帰ってからも洗濯物や食事の準備、薬の仕分けは姉と妹がしてくれる。

さらに、姉妹はわたしの幼い頃の好物を持ってきてくれるのだ。親孝行のつもりで帰省しても、

「仕事を増やしているだけかも知れない」

そう自問自答することもある。

それでも足繁く帰省するのは、近所への挨拶が必要だからである。近所の挨拶回りで感じることは、予想以上に母の一人暮らしを気に留めていてくれることだった。

「いつもお世話になります」

感謝を込めて一軒一軒回るのだ。

お向かいの奥さんは流し場の窓からいつも我が家の様子を窺っていてくれた。しかし、数年前、母より先に他界したことが残念でならない。母は相当ショックを受けたようだった。現在の家を建てた時からの付き合いであった。それでも、今は娘さんがその役を担ってくれている。ありがたいことである。

娘さんのご主人は旭川市の市議会議員なのだが、大雪の朝は玄関先の雪掻きをしてくれることもあるという。

わたしが感じているだけかも知れないが、議員といえば、選挙の時には頭を下げ続けて

いるが、当選した暁には選挙公約も忘れて横柄な態度に変身する人が多い。そんな印象を持っていたのだが、向かいのご主人は本当に市議会議員としての人間性を備えた人のようだ。愛知県の我が家の自宅の近所にも市議会議員がいるのだが、やはり市民目線で役割を果してくれている。

一度、妻の手伝いでゴミの集積場所に行ったことがある。ゴミは、可燃性と不燃性との分別はもとより、ビン類や缶類を含めて細かく分類されるのだが、その場所に市議会議員が立ち当番しているのに驚いた。

「市議会議員がそこまでするのか……！」

国会議員や県会議員の具体的な活動は目に見えてこないのだが、市議会議員は市民にとって最も身近な存在なのである

また、実家の西隣りもそうだ。奥さんは回覧板を実家に届けてくれ、母が確認するとお隣りまで回してくれる。高齢の母が回覧板を回すことができないことを知っての配慮なのである。

さらに、体力のありそうなご主人は、実家の前まで雪掻きをしてくれることもある。以前は、実家の物置の屋根に積もった雪を降ろしてくれたらしい。雪掻きは大変な作業で、

冬の北海道では雪のために玄関からの出入りができなくなることがある。

上川盆地は、発達した低気圧がオホーツク海に抜けると強い西風が吹き、雪雲が石狩川に沿って運ばれてくる。その風道にあたる実家は、盆地でも積雪量が多い場所にあたるのだが、高齢の母にとっては雪掻きなどできるはずがないからだ。

玄関先の雪掻きは重要な作業である。妹夫婦は、大雪が降った朝になると自分達の家よりも優先して雪掻きをしてくれている。

そうしなければ生協からの毎日の配達弁当はおろか、デイケアの迎え、デイサービスのヘルパーの訪問、往診の車も出入りが困難となるからだ。当然、介護に通う姉や妹の車も入れない。

本来であれば長男の自分が毎日やらなければならない作業である。これを近所の人達が共同で協力してくれているのである。雪のない地域では想像もつかない介護の実態なのである。

高齢の　母を見守るご近所に
頼る遠くの　長男ありき

裏に住むご主人は、夏になると裏庭の草刈りをしてくれる。

理由は、「我が家の裏庭に立つ白樺の木陰でビールが飲みたい」からという。ほんとうは、そんなことではないと思われるのだが、白樺を切らない代わりに草刈りをしてくれる。

裏庭は父が生前、畑としていた場所で、トウモロコシや大根、茄子《ナス》、胡瓜《キュウリ》、トマト、ジャガイモなどを植えていた。また葡萄棚やアスパラもあり百坪以上の広さがあって、家回りを含めると二百坪に近い。

今は草地になっているのだが、夏休みや大型連休中に家族で帰省した折には、草地でフリスビーや野球など、孫達と安心して遊ぶことができる空間である。また、家族でジンギスカンを楽しんだこともある。

草刈りは、堤防などで使う本格的な草刈り器具で刈り取ってくれるのだが、一日仕事である。刈った草を一箇所に集める作業だけでも大変なことで、自分一人では到底できる作業量ではない。

一度草刈りを体験してみたのだが、両手がしびれてきて感覚がなくなった。大変な作業であることを思い知った。

裏に住むご主人が草刈機で定期的に刈り取ってくれる裏庭の草地。孫と野球ができるほどの広さである。

都会では、地域ぐるみの奉仕活動はあるが、個人としてはあまり例がないようにも思える。しかし、大学生時代の東京の下町には、それがまだ残っていたような気もするが、今となっては定かではない。

近所の思いやりはそれだけではない。最近になって越してきたご夫婦は、道路を挟んだ東側に住んでいて、いつも自宅の居間から我が家の様子を監視してくれている。

悪質な押し売りや、訪問客などを見張ってくれているのである。信じられないことであるが、実家のインターホンに設置されているカメラには、不審者らしい映像が映っていることがあり、妹は介護に来るたびにチェックをしているようである。

高齢の　母を見守るセキュリティ
近所の協力　優るものなし

昔、玄関の鍵など掛ける必要がなかった時代を生きてきた母は、鍵を掛けずに昼寝をしてしまうことがあり、見知らぬ人が入ってきてもわからないこともある。

また、わたしの帰省中、朝早くに玄関先の配達された牛乳を、エプロン（最近ではあまりみない）をした中年の女性が盗みに来た現場を見たことがある。慌てて玄関を出て追いかけたのだが、見失ってしまった。近くに車を待たせているのであろう。旭川市内でも結構、物騒なのだ。

したがって、我が家を取り囲むご近所の献身的な毎日の協力で、母が守られているのである。それが、高齢な母の一人暮らしを可能にしてくれているのである。心から感謝である。

実りのない稲穂

子供の頃、母からは「実るほど頭を垂れる稲穂かな」という諺を教えられたものである。小学生の頃で、北海道はオホーツク海高気圧に覆われて冷害が相次いでいた時代であった。凶作の年ほど稲穂はまっすぐに立っていて、収穫期を迎えても稲穂が頭を垂れることがない。
いわゆる、能力が無い人間ほど頭が高く、上から目線で物を見ることへの譬えなのだ。わたしは、そのように生きているのだろうかと半信半疑であったが、そんな母の教えが身に染みることがあった。

冷害の　実のない稲穂に置き換える
母の教えを　今にして知る

以前、中部国際空港建設に向けてのパーティーで地元大手銀行（当時の東海銀行、現在の三菱東京UFJ銀行）の頭取とお会いする機会に恵まれた。頭取が物静かで優しそうに話しかけてくれ、その人柄に驚いたことがある。自分のような駆け出しの若僧に対してである。また、毎週土曜日の朝、NHKテレビに出演していた頃、大手財閥企業から講演を依頼されたことがあった。講演後の昼食会では、三井銀行の頭取や三井不動産社長などが多く集まるなかで、三井物産の会長がパンにバターを塗って差し出してくださったことがある。信じられないことだが、偉い人ほど頭が低いだけでなく、思いやりも備わっているのである。自分もそうなりたいと願っていたが、人生で実ったことがないため、中身のない頭を下げるのは難しい。

学者が偉いのは生活だけで、社会的地位が高いと思ったことはない。ましてや経済的地位となれば、マイホームを建てるだけでも至難の業である。

わたしは、家庭が貧しかったこともあり、工業高校の機械科に進学した。しかし、大学への進学を決意したのは母の教えであった。

為せば成る　成さねばならぬ何事も
成らぬは人の　なさぬなりけり

（上杉鷹山）

今では米所となった上川盆地。「ゆめぴりか」や「おぼろづき」など美味しいお米を生産しているが、当時の上川盆地は米作限界地で、冷害による凶作になることが多かった。

江戸中期の米沢藩主・上杉鷹山のことばだが、これに準《なぞら》えて考えているだけでなく、実際に行動を起こしたのである。工業高校を卒業してから就職し、大学の通信教育部から通学部への転部試験を受けたのである。

工業高校在学中は、普通高校のような大学入試のための受験勉強の経験がなく、無謀とも思える挑戦であった。当時はこのような試験に合格した話は聞いたこともなく、受かる保証がまったくないまま上京したのである。

その決断を後押ししてくれたのが母の教えである。奇跡的に合格したのだが、この経験はその後の人生を大きく変えることになったのである。

大学在学中は新聞配達やアルバイトをしての苦学生だったため、姉と妹はわずかなお金を手紙に添えて送ってくれた。それがどれだけ嬉しかったか知れない。姉は外に働きに出ていたが、妹はまだ高校生だった。

大学卒業後は高等学校の非常勤講師としてアルバイトをしながら大学院に進み、博士課程を中退して大学に助手として就職したのは、上京してから七年後のことである。その二年後には助教授（現在の准教授）となった。通信教育部から昼間部に転部してから九年後には国立大学で教鞭を執れるまでになれたのである。

大学院では人文科学研究科に所属していたために文学修士であるが、専門は気候・気象学であったこともあり、博士号は理学博士である。「末は博士か大臣か」と言われていた時代もあったようで、これは両親や親戚の叔父や叔母も喜んでくれた。

まさに、母の教えは貧しかった家族が（今でも貧しいが?）人並みになるための原動力でもあったのである。

東京で苦学生だった頃、姉と妹はお金を手紙に添えて送ってくれた（当時）。姉は家を出ていたが、妹はまだ高校生だった。

在宅医療

母は高齢のため、病院に通院することが困難になっている。やむを得ない場合には、姉妹が車椅子で連れて行くしかないのであるが、待合室で長時間待ち続けるほどの体力はない。そんな母のために週三回の往診がある。往診の医師も高齢であるが、診察を続けてくれているのである。毎回、看護師さんが栄養剤（ビタミン剤等）を注射してくれているようだ。

そのきっかけになったのは、当時社長（現在会長）だった義弟がロータリークラブで医師と知り合い、一緒にゴルフをしたことがきっかけだったようである。まさに奇遇であったのだ。信じられないことだが、二十年以上も続いている。

医師は、自分が帰省した際に母の健康状態について丁寧に説明してくれる。母の傍で介護ができない自分には、それが本当にありがたい。最近は母の心臓が弱ってきているようだ。

そんな母がこれまで生き延びることできたのは、まさにこの先生の存在なくしてはあり得ないのである。

高齢の　母を看取るか往診の
医師の健康　良かれと願う

母は自宅にいて診察を受けている。これも「いとう内科歯科クリニック」の伊藤直彦院長先生の往診のおかげである。

医師と看護師の自宅までの送り迎えは、医師のご子息である歯科医の奥方のようで、診察の間は玄関前に止めた車の中で待っている。そこで、母の診察や注射の間は、出ていってお礼の挨拶をすることにしている。

最近になって、医師に同行する看護師が代わったのだが、以前から来ていた方が亡くなったことを伝えられた。

その看護師は、明るく健康的で母の千羽鶴の話をしたことがある。帰省するたびに増える小指の先ほどの千羽鶴を集め、母と行った富良野の台地を絵にして張り付ける計画だった。

その制作途中のキャンバスを見せたことがあり、絵の完成を待ち望んでくれた。もっと作業を進めていれば、早めに完成して見せることができたかも知れないと思うと残念でならない。現在も制作中である。

車で待つ奥様は、診察が終えるまで運転席で単行本などを読みながら待っている。その知的で美しい横顔は、かつて映画で見たことのある女優のような綺麗な女性である。

往診の送迎を担当してくれている医師のご子息の美しい奥様。医者の奥様は綺麗な女性が多いのだろうか。まるで女優さんのようである。

大学生のお子さんがいるようであるが、とてもそうとは思えない若々しさだ。その時の世間話も帰省の楽しみの一つになっている。

そんなある日、自分の闘病体験を綴った著書を先生と奥様に渡したことがある。自分が患っている病名は「特発性間質性肺炎」である。まだ治療方法が確立しているわけでもない難病であるのだが、喜んで読んでくれた。

奥様は、病院の待合室に置きたいと言ってくれた。

先生は医師の立場から、

「患者側からの著書は意義のあることだ」

と褒めてくれたのだが、医学部時代の友人が最近、同じ病気を患って亡くなったことを打ち明けてくれた。

それからは、医者と患者側の身内との違いがあるものの、なぜか自分との距離が縮まった感があり、親しみを覚えるようになったのである。今では、この医師が母を看取ってくれることを願っている。

千羽鶴への想い

母の結婚当時、父は四国の愛媛県新居浜《にいはま》市にある大手財閥企業に勤めていたが、戦後になって地元の北海道に戻る決意をして退職した経緯がある。

父は多くを語らなかったが、自分の身代わりで出兵した同僚が乗った輸送船がフィリピン沖で撃沈され、戦死したことを悔やんでいるようだった。

しかし、その時に父が出兵していたら、現在の我々家族は存在しない。新居浜にある大手財閥企業（住友金属）のアルミニウム工場では、第二次世界大戦当時、戦闘機の翼を生産していた。

幾度となく空襲に遭い、多くの仲間を失っている。したがって、終戦後はつらい思いを断ち切りたかったようだった。

しかし、戦後の日本は混乱期でもあり、北海道に戻ってからは就職難であったため、父の実家である北海道の伊達市に身を寄せていたようである。

最終的には母の妹が嫁いだ木材会社に再就職したのであるが、会社から与えられた社宅は、以前、母が女学校時代に慰問したことがあり、こんなボロな家に人が住んでいることに驚いたそうである。

母は、まさかそこに自分が住むことになるなどとは夢にも思わなかったようだ。妹は社長夫人、自分は社員の妻である。姉妹とはいえ、母が辛い思いをしてきたことは間違いない。姉妹であるが故に、惨めな思いは想像を絶するものであったらしい。

当時、父の給料では親子六人の生活が困窮していたため、母が内職の縫い物で家庭を支えてきた。したがって、四人の子供たちが巣立ってからも、父が亡くなるまでは縫い物を続けていた。

しかし、なぜか父が亡くなってからは縫い物をやめ、千羽鶴を折るようになった。それも小指の先ほどの小さな千羽鶴である。最初は、いつでも縫い物が再開できるよう、指先の訓練なのかと思っていたが、そうではなかった。

子供たちの健康を祈願し、小さな千羽鶴を折って配ってくれたのである。わたしはそれを今でも壁に掛け、母の思いやりに感謝している。

父がなくなってから母が折ってくれた千羽鶴。母の子供たちへの想いが込められているようだ。

しかし、父が亡くなって数年後には一番下の妹が亡くなった。「癌」だった。

葬儀で母の落胆した姿を見るのが辛く、愛知県に戻ってからもその姿が忘れられなかった。

それからは、母が明るく笑う姿は見ていない。口数も少なくなり、姉妹の会話にも参加しなくなった。よほど辛かったに違いない。

千羽鶴　健康祈り折った母
逝った妹　想い叶わず

妹が亡くなる一週間前、近くの総合病院に入院している病室を訪ねたが、ちょうど二人だけになると、妹が涙を流しながら懇願してきた。

「私が死んだら、父の墓に入れて欲しい」

亡くなってから、そのことを姉に相談したのだが、反対された。しかし、甘い考えかも知れないが、自分は姓を継ぐ長男として妹を父の墓に入れてやりたかった。

朝起きて　夢で遊んだ幼き日
妹の墓参り　久しきと想う

手続きを終え、実家の墓に妹が入ったのは亡くなってから一年後のことである。

その後すぐに義弟は再婚し、妹との暮らしの思い出となる写真を実家に返しに来た。

それが、新しい妻からの指図なのか、義弟の意志なのかは定かではないが、憮然とした

母の願いも叶わず、若くして亡くなった妹（学生時代）。今は、故郷の当麻の墓に父と眠っている。

母から数冊に及ぶ妹のアルバムを捨ててくるように指示された。
　そのアルバムには若き日の自分も写っていて、捨てるのが忍びなくなり、いったん物置に隠し、その後二階の物入れにしまったのである。

「千羽鶴への想い」

母の想いは何だろう　小さな鶴を折り続け
繋いだ鶴の架け橋が　天国で待つ兄妹に
届けと願う　千羽鶴

母の想いは何だろう　小さな鶴を折り続け
青春時代が蘇る　共に学んだ女学校
あの日に届けと　赤い鶴

母の想いは何だろう　小さな鶴を折り続け
嫁いだ父の面影を　追い求めて暮らす日々
あの日に帰れと　青い鶴

母の想いは何だろう　小さな鶴を折り続け
我が子の健康祈りつつ　先に逝った妹に
叶わぬ願いの　白い鶴

母の想いは何だろう　小さな鶴を折り続け
幾ばくも無い人生に　幸せだったと語る母
赤青白の　千羽鶴

（筆者作）

親より先に死ぬ親不孝

親より先に死ぬことが、いかに親不孝であるかを知り得たのは、妹が亡くなって間もない頃であった。妹の一周忌では痰が治まらず、箱ティッシュが手放せない状況に陥った。病院ではダニの糞による「喘息」と診断され、抗生物質を数年間飲み続けていたのである。しかし、薬を飲むほど病状は悪化し、二〇〇四年には呼吸困難となり、夜も眠れなくなっていた。

間質性肺炎が疑われたのはそのすぐ後である。階段が三階まで登れない。もちろん走ることはおろか、歩いても息切れが激しいのだ。厳しい症状を自覚したのは、近くで喫煙されたときだった。

まったく息ができなくなったのだ。呼吸困難となり意識が朦朧として座り込んでしまった。しばらく歩くこともできなかった。肺を患っている人には、歩き煙草の煙を吸っただけでも命にかかわるのである。

転院して呼吸器系の専門医に診てもらったところ、特発性間質性肺炎と診断され、「余

命二カ月」を宣告されたのである。そのことを姉に告げると、

「親より先に死ぬことは最大の親不孝だ」

自分が死ねば、母への精神的なダメージは計り知れないからだ。

長男としての責務は、家族を守ることであり、必死になって生き延びる努力を続けることだった。

もう少し　生きて欲しいと願う母
先立つ不幸　許さぬと姉

約四カ月の入院生活を終え、退院してからの勤務は厳しいものだった。仕事柄、黒板にチョークで板書するのだが、チョークの粉を吸い込むたびに呼吸困難になった。連続しての講義は意識朦朧となることもしばしばだ。それだけではない。会議に学生の卒業研究指導、授業準備など、退院直後は仕事の持続すら危うかった。

当時、自分が生き延びることができる確率はほとんどなかった。肺移植も断った。その結果、ステロイドによる治療によって手足はむくみ、顔は赤く腫れあがった。これがステ

ロイドの副作用である。

「このままでは生きられない」

そう実感する毎日であったが、苦しくても体を酷使することにした。これは、残った肺を活性化させるためである。入院時には、三分の一の肺は壊死し、残りの肺も蜂の巣状で真っ白である。

毎日、苦しくても近所を一時間歩き、時折、軽いランニングも取り入れた。当然、酸欠になってすぐに走れなくなるのだが、それを何度も繰り返したのである。

また、自宅にあるエアロバイクの負荷を高めて漕ぎ続けることもあった。さらに、電気風呂での肺のマッサージを試みた。最初は激痛で患部を近付けることさえままならなかった。

大学の研究室は五階だが、入院前は三階まで上がるのが限界だった。退院してからは幾度も上り下りを繰り返した。これは、主治医から、

「残った肺の活性化は負荷をかけるしかない」

との助言を受けたからである。したがって、間質性肺炎は息苦しいからといって寝ていては悪化の道を辿るだけなのである。

さらに、残った肺の活性化に効果があったのは、バーベルのベンチプレスだった。ベンチプレスは大きく息を吸って肺の容積を広くして酸素量を高める役目を果たしてくれる。

これは、かつて学生時代からウェート・トレーニングをしてきた経験があるからである。その結果、咳や痰も減り、熟睡できるようになった。今では五階まではもちろん、階段を走って上れるまでに回復したのである。

ベンチプレスは、肺細胞の活性化に効果があるようだ。毎週一度のトレーニングで症状が回復してきた。

病状が悪化したときは、自分が母より先に逝くことを覚悟していたのだが、今はそれだけは避けたいと願っている。しかし、身体の弱かった母がここまで生き延びてくれるとは思わなかった。

半島の想い出

二〇〇五年の夏、退院はしたものの、特発性間質性肺炎で「余命二カ月」を言い渡された自分の病状を心配し母が姉妹と愛知県に来たのは、退院した翌年の春まだ遠い二月である。

中部国際空港（セントレア）の国内線到着ロビー。母は姉妹と共に車椅子でやって来た。

母が息子の病状を心配して姉妹に、「どうしても行きたいので連れて行って欲しい」その願いを叶えるため、姉妹はやむなく自分たちの家族の同意を得たようだ。そこまで心配してくれていたのだ。母は姉妹に付き添われ、中部国際空港の到着ロビーに車椅子でやって来た。

中部国際空港は、二〇〇五年の愛知万博に向けて立地部会から専門委員として関わってきた空港で、「人に優しい」をスローガンに掲げてきただけあり、空港スタッフが駐車場まで車椅子を押してくれた。
母は歩くことができるのだが、到着ゲートからロビーまでの距離は長く、健康な人でさえ息切れするほどの距離がある。そのことを勘案して姉妹が空港スタッフにお願いしたのであろう。

子を思う　心が空を飛んできた
到着ロビーで　母待つ心

歩く歩道はあるものの、到着ゲートから荷物を受け取るロビーまでが長い中部国際空港。

母が愛知県に来たのはこれで二回目である。最初は二十七年前で、父と二人で来てくれた。想い起こせば、頑固な父が息子に会いに来てくれたのは、これが最初で最後であった。末の妹夫婦のトラブルで、愛知県まで相談にやって来たのだ。父が息子の自分に弱音を吐いたのは、これが初めてである。
問題が解決すると、父は人が変わったように元気になって北海道に帰って行った。父は、愚かな息子が家を建てたということを確認したかったのかも知れない。

庭先でバーベキューをしたときには、あれほど明るい父親は見たことがなかった。よほど嬉しかったに違いない。

新築の　我が家の庭でバーベキュー
夢にまでみた　幸せの時

学生時代、父が定年退職後に家を建てたときは嬉しかった。我が家では、これまで社宅にしか住んだことがなかったからだ。

当時の社宅は木造の粗末な長屋であったが、柱に釘を打ち付けることさえ叶わなかった。したがって、子供の頃から社宅を出て、自分の家を持つのが夢だった。

父が定年後に家を建てたことで、わたしも家を建てることが一人前の証《あかし》と考えるようになっていた。父が愛知県に建てたマイホームを見てくれたことは、自分を認めてくれた気がして嬉しかった。

そんな自分の背中を見ていたのか、最近になって息子も家を建てた。我が家の家系は、自分の力で家を建てることが自立でもあるのだ。いわゆる核家族にはなるのだが、やはりそれが一人前になった証と考えているようだ。

旭川の実家の床の間には、わたしが取得した理学博士の賞状が掛けられている。我が家の家系にとって初めての博士号だ。その隣りには息子の博士号（環境学）の賞状もある。それを眺めていた小学生の孫は、自分で家を建てることと、博士号を取得することが、我が家の家系と思っているようである。

親孝行　親の背中をみて育つ
親不幸は　自分の鏡

息子は、幼い頃から北海道の実家に足繁く帰省する父親の後ろ姿を見ていたためか、毎週のように孫を連れてやって来る。一緒に渥美半島や知多半島にドライブに誘ってくれることもしばしばだ。

孫がまだ一人の時には、息子と自分の大学での教え子であった嫁、自分達夫婦と一台の車で間に合ったのだが、下の孫ができてからは七人乗りに買い換えた。そんな親思いの息子夫婦の優しさに感謝である。

わたしの病状を心配し、母が最初に来てくれたときは知多半島を案内した。半島の先端にある高級旅館の最上階を貸し切り、露天風呂も備えられていた。しかし、宿泊した日は冬型気圧配置で風が強く、利用できなかったことが残念でならない。

当初から、母が食べたことのない「ふぐ料理」でもてなしたかったのであるが、時期的に遅かったことで「伊勢海老料理」になってしまった。それでも母には初めてだったかも知れない。姉はいまでもそのときの料理が美味しかったことを話してくれる。

わたしが定年退職してからも、母は姉妹と三人で再び愛知県に来てくれた。北海道から来てくれたにもかかわらず、自宅に泊めることができなかったことが悔やまれてならない。定年時に持ち込んだ研究室の本や資料が、我が家の客室に溢れていたため、近くのビジネスホテルを予約せざるを得なかったのである。自分にはおもてなし（表なし）の基本ができていない。裏ばかりである。

二回目の訪問では、前回に行った知多半島の師崎港からフェリーで渥美半島に渡り、半島先端の眺めの良いホテルに宿泊したのである。ホテルから眺める恋路ケ浜の夕日が眩《まぶ》しかった。

高齢の母が遠い愛知県まで来てくれたのだが、年金生活となった自分には、シニア割引

渥美半島先端の恋路ヶ浜から眺めた伊良湖ビューホテル。ホテルの窓から望む恋路ケ浜の夕焼けは絶景である。

が適用されたのはありがたかった。

半島と　半島結ぶ航路には
母との想い　繋ぐ架け橋

今では、知多半島と渥美半島を結ぶフェリーの航路が廃止となり、かつて母と共に乗ることができたことに感謝している。伊良湖岬の帰り道、母や姉妹と立ち寄ったカフェで、イチゴパフェを食べたことが忘れられない想い出になっている。

在宅介護の日課

母の日課は結構忙しい。朝寝坊をした時は、わたしからの電話で目を覚ますのだが、朝七時には起きているようだ。八時になると前日に妹が用意した朝食を取り、皿などは自分で洗って戸棚に片付ける。

朝食後は、毎日数錠の薬の服用が義務付けられているが、薬は妹が前日にカレンダーに貼り付けてある。母が飲み忘れないための配慮である

居間には義兄の会社名が入った大きな日めくりのカレンダーがあって、以前は母が毎日剥がしていた。これは、日にちと曜日を確認するためであるが、最近は忘れることが多くなり、姉や妹が介護に来るたびに剥がしているようである。

毎週月曜日と木曜日はデイケアの日であったが、最近は月曜日から火曜日に変更したようだ。八時五〇分には迎えの車がやって来る。デイケアの車には、数人の高齢者が乗っている。

自宅に戻る夕方頃には妹が実家に待機していて、母の帰りを待ちながら翌日の朝食の準

備をするのである。

以前、夕食は姉と妹とが交代で持ち寄っていたが、数年前からは生協のお弁当が配達されるように手配してくれた。それは、栄養士によるカロリー計算のされた食事を食べさせるためである。

その配達弁当は、帰省した際に自分でも食べてみたが、意外に美味しかった。しかし、刺身やサラダ等の生ものは入っていない。これは当然のことで、食中毒を防止するためでもあるからだ。

確かに、自分が入院していた時は、煮物が中心で生ものやサラダを口にしたことはなかった。わたしが帰省した時には刺身や鱈子、筋子などを買ってくると喜んで食べてくれる。

週三回の往診は、病院の診察が始まる前の時間帯で、八時三〇分頃である。それまでに朝食は終えておかなければならない。居間のテーブルは食卓兼用でもあるからだ。母は、居間のソファーに座ったままで診察を受け、注射もしてもらうのである。

また、毎週月曜日と木曜日のデイケア以外に、水曜日は週に一度の介護保険によるヘルパーさんの出張サービスがある。

午前中の短時間ではあるが、実家の風呂、トイレ、部屋の掃除をしてくれるのである。自分は、実家も含め、自宅でもトイレ掃除はしたことがないため、ありがたいことである。風呂は週二日のデイケアで入れてもらえるようであるが、自分が実家の風呂に入る日は、母も入りたいということもある。しかし、それは危険なことで、妻が同行した時以外、期待に沿うことができないのが残念でならない。

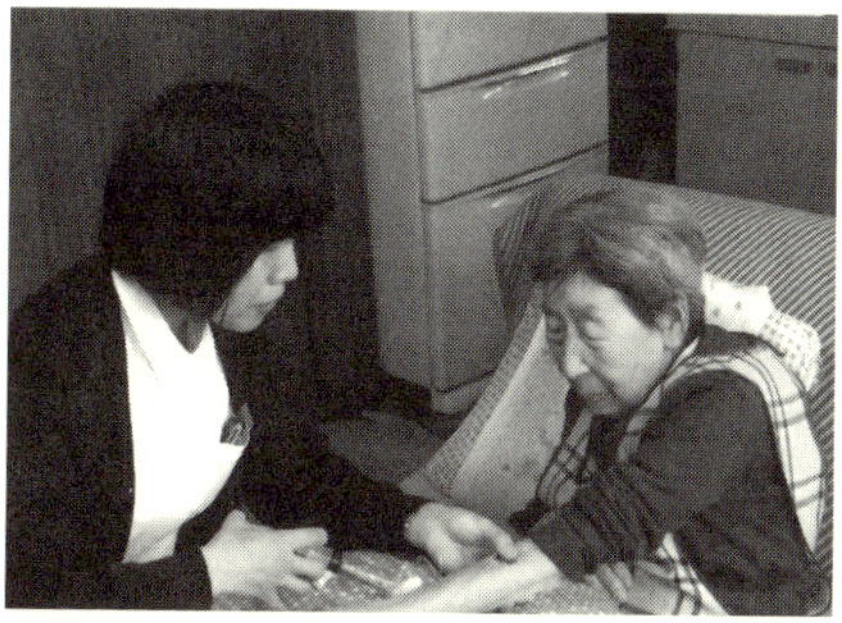

看護師から栄養剤の注射を受ける母。1週間に3回の注射で生きているようだ。

しかし、歳を取ると自力で風呂も入れなくなるかと思うと、将来に不安を覚えることもしばしばである。自分にもいつかはその日がやってくるのだ。

母の暮らしは自分の将来であり、考えさせられることが多い。核家族化した現在では、若夫婦が両親に目を背け、自分達の未来を見届ける機会を失っていることに気付いていないのだ。

去って逝った家族

大正九年に母は、北海道の上川盆地の北西部に位置する当麻町で生まれた。米穀店を営む裕福な家庭で育ち、七人兄妹の三番目である。そのため、高等女学校時代は歳の離れた一番下の弟の面倒をみていたようだ。

一度、母の家族写真を見せてもらったことがあるが、母の横に自分が写っているのに驚いた。実はそれは叔父だったのだ。自分でも見間違えるほどよく似ているのである。

釧路に住む叔父は、北海道に棲息する幻の魚「イトウ」の研究者として知られた大学の教授で、富良野塾や「北の国から」で有名な脚本家の倉本聰とテレビで共演したこともある学者である。

母は、叔父が新聞などで報道されるたびに記事を切り抜いて、嬉しそうに見せてくれた。弟というよりは、子供のような感覚だったのかも知れない。顔が似ていたからというわけではないが、何故かわたしも専門は異なるが叔父と同じ学者になった。

わたしの専門は気候学である。五年間出演したＮＨＫ名古屋放送局の番組をまとめた

『暮らしの気候学』（日本放送出版協会）を出版した時や、筑波大学で博士号を取得した時に一番喜んでくれたのは学者の叔父だった。

叔父は大学に赴任してから博士号の提出寸前に火事に見舞われ、学位取得をあきらめている。当時、叔父が自暴自棄となって酒を飲み、落ち込んでいたのを思い出すことがある。よほど悔しかったに違いない。

同じ学者として学位取得は叔父の念願であったため、自分を評価してくれたのであろう。その叔父の兄は外科医である。今にして思えば、母の兄弟は皆優秀だったのだ。

医者の叔父は、幼少の頃から体が弱く、医者への憧れがあったという。母は、その叔父が子供の頃から秀才であったことを教えてくれた。

わたしが士別に就職してから蓄膿症になり、入院先で医学部時代に同級生だったという耳鼻科の医者からは、叔父がいかに優秀であったかを聞かされた。

母が育った当麻町。現在は当時の面影を残すものは見当たらないが、お米やスイカで知られるようになった。

さらに、母の妹の嫁ぎ先も医者であった。義理の叔父は、飛び級で当時の帝国大学（北海道大学）医学部に入学したほどの秀才で、内科であったこともあり、体調が悪化した時にはいつも駆け付けてくれた。

このような、身内に医者がいる環境がなければ、虚弱体質だったわたしは生き延びることはできなかったであろう。

母の実家は米穀店であったため、米が配給の時代には町でも有数な商店で、つい最近まで蔵があったほどである。店は長男が継いだのであるが、会社を興して失敗し、多くの土地や財産を失ったようである。

それでも、義理の叔母は貧しかった我々家族の面倒をみてくれた。実家の長男の嫁であったこともあり、多くの義兄弟姉妹とその子供達にも愛情を注いでくれた。

正月になると、母の実家に親戚一同が集まり、ご馳走を食べることが習慣だった。本家の嫁とはいえ、毎年大変だったであろう。本家の嫁は過酷なのだ。

店の三代目は従兄で、同じ歳であったこともあり、小さい頃は一緒に蔵の中で遊んだものである。当時、蔵には米穀を中心とした商品が保蔵されていて、夏の暑い日は薄暗い蔵の中が涼しく快適だったからである。

町に数件もない蔵の持ち主の家に生まれた母が、旭川の高等女学校に進学できたのは、裕福な家庭に育ったからであろう。普通であれば尋常小学校で終わるのだ。
当時の高等女学校の同級生は、生活に恵まれた子女が多かったようで結束力は強かった。『氷点』の作者・三浦綾子とは同級生だという。信じられないことであるが、母が九〇歳になるまでクラス会が続いていたのである
本家の叔母がつい最近亡くなった。母と同じ歳でもあり衝撃は大きかった。今となっては母の世代の身内は誰もいないのである。

この世には　もう誰もなしあの世では
兄妹が待つ　泡沫の母

多かった母の兄弟姉妹は皆、既にこの世を去っている。母は落胆して自分も早く逝きたいと願うようになったのである。

母が女学生だった頃の家族写真。祖父、祖母に加え兄弟姉７人であり、住み込みの従業員（当時は「でっち」と呼ばれていた）。一番左が母である。

家族の絆の原点

母は時折、昔の話をしてくれることがある。母は結婚してから兄妹で一番貧しい生活を強いられてきた。しかし、年老いてからは自分が一番幸せだったようだ。

その理由は、優しい子供達に恵まれたからだと言う。この歳まで生き延びることができたのは、高齢にもかかわらず、自分のわがままから施設にも入らず、在宅で介護をし続けてくれる子供達のおかげであることに感謝しているようだ。

周りからは、

「なぜこのような子供たちに恵まれたのか?」

と不思議がる人も多いのだが、我々の家族は貧しいながらも大切なことを学んできたのである。

貧しさの　家族のなかで培った
親への思い　今も忘れず

父の会社が不景気で、その年の暮れにはボーナスが出なかった。毎月の生活もままならなかった我が家では、ボーナスが出なければ年は越せない。それでも年始の挨拶に人が来る。

迎え入れることができない我が家では留守を装うしかなかった。姉は小学五年生、自分は三年生である。二人の妹も幼くて、今にして思えば辛かったに違いない。

社宅は町の商店街に続く通りに面していて、正月を祝う村人の声がする。そんな中、家族全員がストーブの火を消してジッとしている。これは、人の気配や煙突から煙が出ては気付かれてしまうからである。

火を使えないため、食事の支度はできないが、年末に社宅の人達と共同でついた餅を齧《かじ》って飢えを凌ぐのである。

「今頃、商店街では買い物客で賑わっているのだろうか」

「友達は宝クジなどがあって、新年を祝っているのだろう」

などと想像していると、子供心にも我が家の経済的な厳しさを理解せざるを得なかった。

そんな貧しい我が家でも、楽しいことはあった。社宅の物置の横には小さな鶏小屋があって、四羽の鶏を飼っていた。餌は残飯だが、日中は放し飼いをしているため、毎日餌を与える時間になると戻ってくるのである。

冬になると、鶏小屋を雪で覆ってあげるのだ。そうすることで小屋の内部の温度が氷点下に下がらないからだ。四羽の鶏は毎日卵を産むわけではない。朝方に二個が普通だった。一個の朝もある。

朝食は、麦の入ったごはんに二個の卵を家族六人で分けて食べていた。当時、卵は貴重だったのである。二個の卵の量を増やそうと、醤油を多めに入れすぎて食べられなくなったこともある。

これが家族の絆になっているから不思議だ。今でも、御飯茶碗に一個の卵をかけて食べることができるだけでも幸せを感じるのである。

当時は、鶏や豚、山羊などを飼っている家が多かった。戦後の食糧難の時代だったからである。

鶏はヒヨコから育てていたため、外で遊んでいると、近付いてきて一緒に堤防を走ったこともある。まるで友達感覚だった。しかし、その内の一羽は年末に処分されてしまう。

「殺すのはやめて！」

泣いて頼むのであるが、お節料理の甘煮にはなくてはならぬ鶏肉だ。父は無言で鶏の首を刎《は》ねる。食べる時には複雑な思いにかられ、泣きながら食べたこともある。

命ある　家畜の思いを知ればこそ
命の尊さ　学んだ日

これが現実なのだ。農家では、年末になると飼っている豚を殺して近所に配るのである。子供にとって、家畜は家族であり友達である。友達だった家畜の命を奪うことで、家族も生き永らえることができるのだ。今でも幼心で聞いた
「家畜は殺すために生かすのだ！」
という村の獣医の言葉が忘れられない。
小学校では弁当を持参できる児童は半分くらいで、昼食時には廊下や体育館で昼食が終わるのを待っていた。当時は給食がなかったのである。

弁当を　持たされなかった昼休み
水飲み凌いだ　我が友悲し

自分は、貧しいながらも弁当を持たせてくれた。それだけでも親に感謝した。朝食は家族六人、必ず小さな卓袱台《ちゃぶだい》で一緒に食べるのが通例だった。これは夕食も同じである。したがって、夕食は父が会社から戻るまでは待たなければならなかった。

社宅は会社の事務所の近くだったこともあり、お腹が空いて父を迎えに行ったこともある。そんな我が家の夕食の支度は姉に任されていて、小学生の姉が買い物、料理を担当していた。

これは、母が生活の足しに縫い物をしていたからで、これがなければ高校進学も叶わなかったであろう。

夕食時は悲惨だった。食事中は今日一日の反省会があって、自分は小学校での悪さを姉と妹から報告され、家庭内での悪さは母から父に告げられる。その都度、父に箸先の太い方で頭を叩かれた。

坊主頭なので、二つの筋のようなコブができると、姉は頭に宗谷線と石北線が走っていると笑った。姉は意外と残酷な面もある。

幼少の頃、社宅の横を流れる小さな川で遊んでいると、妹が焼いたジャガイモを高く掲げて、

「お昼だよ！」

叫びながら仮橋の上を走って渡ってきたことがある。ところが、まだ三歳にも満たない妹は、バランスを崩して川に落ちてしまったのだ。

妹が流された当麻川。今では川遊びをする子供達の姿も見当たらない。

その時、川に流される妹を助けずに芋を探していて、近所の小母《おば》さんに叱られたことがある。

「芋と妹とどっちが大切だと思っているのだ？」

つい「芋」と言ってしまったのだ。

芋よりも　妹想いを軽んじる
我が身の定め　空腹故に

家族の絆は、我が家の貧しかった生活から得られたものであったのだ。

いつまでも子供

高齢の　母の口癖悲しけり
早く逝きたい　この世から

帰省すると、母は最近、

「早く逝きたい」

これが口癖である。

それは、母の同世代の知り合いは誰もいなくなってしまったからである。兄弟姉妹は全て先に逝き、近所の知り合いもほとんど亡くなった。したがって、昔を懐かしみ、話せる人は誰もいない。

母は週二回デイケアに行っているのだが、その時だけは楽しいという。それは、同年代のお年寄りがいるからで、その中でも最高齢なのだが、介護師の話ではリーダー的存在らしい。

デイケアは　話し相手に会えるとき
微笑む母に　生きる喜び

しかし、毎日通ってくる姉や妹の前では、ほとんど会話に参加することはなくなった。その理由を尋ねると、毎日来る姉妹との話題が尽きたようで、娘であることもあり、甘えもあって話すのが面倒くさいようである。

しかし、自分が帰省した際には、楽しそうに夜遅くまで話し込むことがある。母にスマホで「綾小路きみまろ」の漫談を聴かせると、よく笑っている。これは、内容が中高年を対象としたもので、「あれから四〇年」のオチが昔を思い出すらしい。

しかし、姉妹にはこれを聴かせると、

「主婦を馬鹿にしている」

思い当たる節があるのだろう。だから、これは二人が帰った後にしか聴かせられないのである。

物忘れが激しくなった高齢の母が、少しでも脳の活性化になればと思ってのことであり、明るく笑う母の顔を見るのが嬉しいのである。

不思議なもので、姉弟が古希を迎えても母が生きている限り子供である。自分にも子供や孫までいるのだが、母の前では子供でいられるのである。

それがどれだけありがたいことであるかは、父親が亡くなるまで気付いてはいなかった。父は無口な人だったが、事あるごとに自分の仕事や愛知県の家族の悩みを相談していた。

家を出てから、帰省するたびに黙って仕事の話を聞いてくれる父親がいたからこそ、頑張ることができたのである。父親が亡くなってからは、帰省する目的も半減したのである。

子供の頃から、良しにつけ悪しきにつけ両親に報告することで精神安定を諮《はか》ってきた。学校から戻ると、母が裁板《たちいた》の前で縫い物をしていて、その横に座って学校であったことを報告するのである。

答案を見せ、褒めて欲しいのだ。裁板の縁で宿題をしたこともある。わからなければ母に教えてもらうのだ。成績の悪い時には叱られることが励みとなったことも多い。これが家族なのだ。

現在は共稼ぎの家庭が多く、また核家族化しているために、学校から帰っても伝える親はいない。学童保育の児童は、放課後指導員が親代わりなのである。自分は、今でも帰省するたびに子供や孫のこと、年金生活の様子を母に報告をする。

父の時代は定年が五十五歳であったため、六歳年下の母は四十代で年金生活を余儀なくされたのである。今からすれば、信じられない若さである。

現役時代、無頓着な自分は学生を連れて実家に帰り、両親はわずかな年金生活の中でも数日間泊めてくれた。

デイケアで微笑む母。母は知識が豊富なため、リーダー的存在だという。右側が母親である。

今にして思えば、両親も年金での生活は苦しかったに違いない。それでも苦言を発したことはない。当時を思い返すたびに、浅はかだった自分は本当に申し訳ないことをしていたと思うのである。

父が亡くなる前、一度だけ頼まれたことがある。自分が死ぬと年金の支給額が減り、母の生活がより厳しくなる。

「援助してもらえないか?」

これが、これまで家族のことを想い、一生懸命に働いて自分を犠牲にしてきた父の最後の頼みである。

しかし、その期待には数年しか応えていないのが現状だ。本当に自分でも情けない。

母さんを　頼むと逝った我が父の
想い叶うか　我を疑う

現役時代までは良かったのだが、年金生活では厳しいのである。これが現実なのだ。自分にできることといえば、毎朝の電話くらいのものである。毎日介護に来てくれる姉妹に比べれば、本当にささやかなことである。しかし、母が亡くなったらどうだろう。もう自分達は子供でいられなくなるのである。

生きていて　くれるだけでも感謝の意
高齢の母　介護の姉妹

年金生活にもかかわらず、多くの学生達を幾度も泊めてくれた（当時）。無頓着な自分が情けない。

帰省するたびに母は、
「介護施設にだけは入りたくない」
そう懇願することがある。最後まで自宅にいて、死にたいのだ。

姨捨山

在宅介護は、多くの協力なくしては実現が難しい。身内のみならず、周囲の理解と協力がなくては成り立たないからである。自分達がその恩恵に預かる確率は低いと覚悟しておかなければならない。

定年後、以前から借りていた仕事場のマンションの道路を隔てた向かいの建物は、以前、会社の寮であったのだが、最近になって老人ホームになった。

マンションの仕事場は五階にあって、老人ホームの日常の様子がうかがい知れるのだが、ある光景に驚いた。

ある日、息子らしい人が父親を連れてきた。わたしとあまり年齢差は感じられないのだが、老人ホームに入居するようだ。

わずかな荷物を積み入れ、息子が帰るのを入り口で見送っているのだが、まるでゴミを捨てて帰るかのような顔で、振り向きもせずに帰っていくのである。

父親は、寂しそうに息子の後ろ姿に手を振って見送っている。その姿が忘れられない。施設に置き去りにされる父親に、せめて振り返って手を振るとか、「元気で！」と微笑みかけるぐらいの優しさがあっていい。少なくとも自分を育ててくれた親である。

昔、中学校の学芸会で「姨捨山《おばすてやま》」を演じたことがある。自分は孝行息子の役であったのだが、貧しい小さな農家の集落の掟で、歳を取った母親を山に捨てに行くのである。息子は泣きながら母親を背負い、母から受けた幼き頃の愛情をかみ締めながら歩いているのだが、母親は

「これが村の掟なのだから」

息子を慰めているのだ。

我が母が　介護施設で暮らすのは
姨捨山に　捨てると同じ

愛知県に来て、中央自動車道の岡谷ジャンクションから長野自動車道を走って安曇野を通り、野沢温泉村に向かう途中、上信越自動車道の千曲市付近で高速道路の標識に「姨捨《おばすて》PA」と書いてある。

上信越自動車道の一本松トンネルを過ぎたあたりにある姨捨パーキングエリアの標識

確かに近くには冠着《かむりき》山（一二五二メートル）があって、高速道路に沿う谷間には、麻積《おみ》村や生坂《いくさか》村が見える。姨捨という地名はないのだが、学芸会で演じた「姨捨山」は冠着山のことのように思えたのである。

その瞬間、身体中に電気が走ったような衝撃を覚えたのである。

「あの話は本当だった！」

姨捨山を演じていると、あちこちですすり泣く声が

姨捨山は実在しないが、それに相当すると思われる冠着山（右側）

した。学芸会を見に来たお婆さんが泣いていたのである。現在は、姨捨山が老人ホームや介護施設である。

「母を姨捨山に捨てたくない」

そんな思いで姉と妹が母の在宅介護を続けているのだが、それも厳しくなってきた。老老介護の実践が限界に達しているようである。介護疲労のために妹が体調を崩したのだ。

高齢化社会は我が国だけの問題ではない。過疎化された地域では、若い世代の故郷への回帰がなければ成り立たない。ミャンマーの貧しい家庭では、老人を道端に捨てるという。

自分にも、

「そんな日がやって来るのか?」

長生きすることが幸せとは思えないのが現状だ。

長生きは　三文の徳と教えられ
生きた証が　世捨て人

親不孝の息子

電話をしても母が出なくなる日は必ず来る。それは母が自宅から介護施設に移ったか、他界した場合である。その時の自分がどうなるのかは想像できない。

あと少し　あと少しとは思えども
必ずや来る　母との別れ

「その覚悟はできているのか？」

正直、考えたくないのが本音である。現実から目を背け、その日が来ないことを祈るばかりであるが、古希を迎えた姉妹も限界のようである。これ以上は無理のようだ。姉妹は納得できるほど母に支えてきたのであろう。

しかし、自分は父の時を含め、長男として何もして来なかった。思い返せば、親不孝者である。「親孝行　したい時には親はなし」というが、一度も親孝行ができないまま母を見捨てるのである。

母は、息子の自分が帰省すると生き生きとして別人のように元気になるという。その反動か、帰った後は体調が悪化し、精神的にも落ち込むようだ。こんな息子でも頼りにしてくれていたのである。

古希姉妹の立場も考えなければならないが、母が実家にいなくなるということは故郷を失うことでもあるのだ。父と母の居ない実家は、全ての想いを消し去るに等しいのである。

「可能なら母を名古屋に連れて帰りたい」

そんな思いも頭をよぎったが、見知らぬ街、人、経験したことのない気候の違いだけでなく、母の命綱である在宅医療が得られない。決して感情だけでは見過ごせない現実がそこにある。

自分が北海道の母のもとで暮らせばいいのだが、姉妹のような介護経験を持ち合わせてはいない。気合いだけでは母と暮らせないのが現実だ。妻が愛知県の家を捨て、同行してくれる可能性は低い。

母に介護施設への入居を示唆すると、

「これ以上、子供たちに迷惑はかけられないからね」

目に涙を浮かべて寂しそうに悟ってくれた。姨捨山に母を背負い、泣きながら母に励まされている孝行息子の心情が伝わってくる。

自分は孝行息子ではない。母の気持ちを守ってやれない無力な親不孝息子そのものである。母親に何もしてやれない自分が情けなく、その夜は涙が止まらなかった。

寂しげに　笑う母の心知れ
旅立ち近し　秋の夕暮れ

この歳になって、このような想いをするのであれば十二年前に死んでも良かったと思えるほどだった。しかし、必死になって家族や母のために生きてきたのだ。

その時死んでも親不孝、生きて母を姨捨山に捨てるのも親不孝である。親不孝の自分がこれから幸せの権利を受けることができるのは奇跡にも近いことである。

自分がしてきたことといえば、毎朝のモーニングコールだけなのである。これからは、高齢の母がいつ他界しても不思議ではない。たとえ母が介護施設に入ったとしても、生きていてくれるだけでいいと思うことにした。

自分の明るい老後は期待できないが、温故知新の精神で新しい社会に順応すべく努力を続けていきたいものである。

おわりに

本著は、母の介護を実践した姉の廣田玲子、妹の小松倶子への感謝を込めて書き記したものである。出版にあたり、姉妹を始め、核家族で仕事と育児に励む義娘の大和田由雅、団塊世代を生き抜いてこられた恩田英男氏、三世代同居を実践している神谷晴美氏、伊藤医科歯科クリニックの伊藤直彦院長先生、伊藤美和氏には査読していただき、貴重なご示唆をいただいた。

さらに、同年代の親を持つ愛知教育大学副学長の西宮英紀先生、名古屋大学名誉教授（現奈良大学教授）の海津正倫先生からは在宅介護、介護施設に関しての貴重なご意見を得た。ここに記して深く感謝の意を表します。

本文中に書き綴った短歌、および詩歌は、筆者が以前から書き留めていたものを抜粋したものであり、川柳的なものも含まれている。ご容赦いただきたい。

また、表題を「……家族学」としたのは、本著が老老介護の一事例を紹介しただけなく、「家族愛」や「家族の絆」が失われつつある団塊世代の直面する課題についても言及したからである。

■著者略歴

大和田　道雄（おおわだ　みちお）
1944年生まれ　北海道出身
愛知教育大学名誉教授　法政大学文学修士・筑波大学理学博士

専門は自然地理学、環境気候・気象学。
在職中は、文部科学省フィンランド在外研究員、大学入試センター客員教授、気象学会中部支部理事、中部国際空港専門委員、名古屋市環境影響評価委員等を務めた。
その間、NHK名古屋放送局制作の「ウイークエンド中部」で「暮らしの気候学」、イブニングネットワークでは「大和田博士のお天気学講座」を担当し、中日新聞の「空を見上げて」、中部読売新聞では「防災・減災」のコラムを執筆してきたが、2005年に〈特発性間質性肺炎〉を発症。『白夜―余命二ヶ月・間質性肺炎との共生』、『アドリア海の風を追って―余命二ヶ月の追想録』（ともに風媒社）を刊行した。

温故知新の家族学　長寿の母を看取るまで

2017年11月17日　第1刷発行
（定価はカバーに表示してあります）

著　者　　大和田 道雄

発行者　　山口　章

発行所　名古屋市中区大須1丁目16-29
振替 00880-5-5616 電話 052-218-7808
http://www.fubaisha.com/　風媒社

乱丁・落丁本はお取り替えいたします。　＊印刷・製本／モリモト印刷
ISBN978-4-8331-5343-0